PÉCHÉS POÉTIQUES

Nice. — Typ. V.-Eugène Gauthier et Cie

V.-EUGÈNE GAUTHIER

PÉCHÉS POÉTIQUES

(1841-1866)

PÉCHÉS MIGNONS — PÉCHÉS GALANTS — PÉCHÉS MORTELS
PÉCHÉS VÉNIELS — PÉCHÉS BACHIQUES
PÉCHÉS DE CIRCONSTANCE — PÉCHÉS DE JEUNESSE

Tiré à 50 exemplaires

NICE
IMPRIMERIE DE V.-EUGÈNE GAUTHIER ET Ce
Descente de la Caserne, 1

1868

PÉCHÉS POÉTIQUES

PÉCHÉS MIGNONS

LES LUCIOLES

Musique de J.-B. Baudon

Mai déroule ses merveilles
Dans les champs et les buissons,
Le soleil a, pour les treilles,
De vivifiants rayons.
Sous les plus vertes coupoles
Des arbres mystérieux
Voltigent les lucioles,
A l'entour du mai joyeux.

A l'heure où le crépuscule
Tend les voiles de la nuit,
Leur essaim luisant circule
Dans les airs, qu'il éclaircit.
Les cœurs épris et novices
Aiment à voir voltiger
Ces frêles ambassadrices
De l'étoile du berger.

Cathédrales de feuillage,
Sombres taillis en autels,
S'éclairent à leur passage
Et deviennent solennels.
Par elles, dans la nuit sombre,
Maint amoureux éperdu
A pu retrouver dans l'ombre
Un joli sentier perdu.

En mai, toute la jeunesse
Prend ses ébats en plein air,
Et s'abandonne à l'ivresse
D'un plaisir souvent amer.
Aux fillettes un peu folles
Jouant avec le danger,
Les éclairs des lucioles
Montrent les fleurs d'oranger.

Nice, mai 1865.

UN DRAME A L'HOPITAL

LE JEUNE MALADE ET LA SŒUR HOSPITALIÈRE

Air de l'*Ange déchu*.

Ta voix plaintive adoucit la souffrance
Du malheureux qui ne doit pas guérir;
Elle m'exhorte en vain à l'espérance,
Le cœur en paix, je suis prêt à mourir!
Ne cherche pas à prolonger ma vie :
J'ai tant souffert en passant ici-bas,
Que la mort seule est le bien que j'envie;
Par tes secours, oh! ne l'éloigne pas!...

Sur ton front pur une pâleur soudaine
Vient se placer comme un voile de lin;
Pourquoi jeter ce chapelet d'ébène
Et cette croix qui brillait sur ton sein?
Quoi! tu gémis... et puis ta main tremblante
Ose presser la mienne avec bonheur;
Serais-tu l'ange à la voix consolante
Qui doit guider mon vol près du Seigneur?

Qu'ai-je entendu ?... tu m'aimes, pauvre femme !
Et ma douleur, hélas ! te fait souffrir...
Pitié, mon Dieu ! vous rappelez mon âme
Lorsqu'en ces lieux le bonheur vient s'offrir.
Déjà, ma voix, par le mal affaiblie,
Ne redit plus les pensers de mon cœur;
D'un souffle impur ma lèvre s'est blanchie,
Je ne puis pas même embrasser ma sœur !

Oh ! laisse-moi te regarder encore !...
Garde ma main pour essuyer tes pleurs.
Mais, qu'est-ce donc ? La fièvre me dévore...
Touche mon sein qu'ont rongé les douleurs.
Je souffre bien, n'est-ce pas, toi si pure,
Qui pour moi seul as oublié ton Dieu ?
Mais, va ! reviens à ta sainte parure,
Car je me meurs... adieu, ma sœur, adieu !

Epernay, 1842.

LA BATELIÈRE DU LAC

Air des Vingt sous de Périnette.

J'ai là-bas sur le lac bleu
Une barque neuve et leste,
Eh bien ! cet avoir modeste
D'un grand trésor me tient lieu.

Que de fois je prends mes rames
Pour de tendres amoureux,
Désireux d'unir leurs âmes
Entre les flots et les cieux !

Je suis au rang des fermières
Les premières
Du hameau,
J'ai, non leurs champs et leurs chaumières,
Mais un boudoir discret sur l'eau !

Le bruit court aux alentours
Que le bien vient en ménage,
Si l'on a fait un voyage
Dans mon doux nid des amours !
Cette fable me rapporte
Argent, plaisirs, et fins mets
Et ceux que ma barque emporte,
Je ne les trahis jamais !

Je suis au rang des fermières, etc.

Avec le printemps joyeux
Vient notre fête chérie,
Ce jour-là, blanche et fleurie,
Ma barque charme les yeux.
Elle se dresse pimpante
Commeune fillette au bal,
Sous sa guirlande charmante,
Présent des bergers du val.

Je suis au rang des fermières
Les premières
Du hameau,
J'ai, non leurs champs et leurs chaumières,
Mais un boudoir discret sur l'eau!

Paris, septembre 1849.

LES LILAS (1)

Air de *Muselle*.

Des oasis de Bellevue,
Où la balançait le vent frais,
La gerbe fleurie est venue
Se baigner dans mon pot de grès;
Et maintenant lorsqu'elle ondule,
C'est grâce à mes soupirs... hélas!
Ah! qu'il fait bien dans ma cellule
Ton joli bouquet de lilas!

Ouvrant le bal de la nature
Comme d'impatients danseurs,

(1) Accusé de réception d'un bouquet de lilas qui m'avait été envoyé à Mazas, où j'ai été détenu pendant 45 jours comme inculpé du délit de coalition. Acquitté.

Ces fils aînés de la verdure
Sont les hirondelles des fleurs.
Ils ont le feu sacré qui brûle
Certains éclaireurs d'ici-bas...
Ah ! qu'il fait bien dans ma cellule
Ton joli bouquet de lilas !

Glorieux du beau privilége
De posséder les premiers nids,
Ils ne redoutent point la neige
Qui pourrait poudrer leurs taillis...
Sur leurs branches l'oiseau module
Le mot fraternité tout bas...
Ah! qu'il fait bien dans ma cellule
Ton joli bouquet de lilas!

Que le soleil se cache ou brille,
Les lilas, escortant l'hiver,
Ne craignent pas que la chenille
Ronge leurs bourgeons en plein air.
Fatigués d'un monde incrédule,
Ils poussent malgré les frimas...
Ah! qu'il fait bien dans ma cellule
Ton joli bouquet de lilas!

Sur la pauvre table scellée
Aux murailles de ma prison,

La gerbe en fleurs est étalée
Comme un divin contre-poison.
Les sentiments qu'elle formule
Livrent mon cœur aux doux ébats...
Ah! qu'il fait bien dans ma cellule
Ton joli bouquet de lilas!

Mazas, 14 avril 1862.

LES TOILES D'ARAIGNÉES

A MON AMI J.-J. BLANC

AIR de Paillasse ou de l'Écu de France

Jadis, le pauvre Pellisson,
Traité comme incurable,
Apprivoisait dans sa prison
Un insecte incroyable.
Plus heureux que lui,
Je ne vois ici
Que murailles soignées...
Cependant, je veux
Chanter de mon mieux
Les toiles d'araignées!

S'il faut en croire les avis
Des gens à récidive,

La justice de mon pays
  Est très-expéditive.
    Je m'en aperçois
    Par ce que je vois
  Les jambes résignées...
    Au train dont ça va (1)
    Mon dossier aura
  Des toiles d'araignées!

Sous le toit d'un ancien soldat
  Je ne vois pas sans charmes
Poindre un trophée en triste état
  Formé de vieilles armes.
    Si la France un jour
    Voyait le retour
  De douleurs éloignées,
    L'étranger boitant
    Fuirait emportant
  Leurs toiles d'araignées!

Le peuple vraiment souverain
  Admire la constance
Des défenseurs du droit divin
  Licenciés en France.
    Il a du plaisir
    A faire pâlir

(1) Déjà 15 jours de prévention.

Leurs mines renfrognées,
En montrant leurs droits
Recouverts dix fois
De toiles d'araignées!

J'entends souvent dans ma maison
Pétronille et Martine
S'épouvanter avec raison
De sainte Catherine.
Deux vieux artilleurs,
Assez bons pointeurs,
Les ont souvent lorgnées.
Ces galants subtils
Débrouilleront-ils
Leurs toiles d'araignées!

Le vin apporté dans un pot
Ne me contente guère;
Celui qu'on prend sous le fagot
Convient mieux à mon verre.
Vive un vieux flacon
De Nuits, de Mâcon
A dates soulignées,
Vive un vin titré
Qu'on sert illustré
De toiles d'araignées!

Mazas, 12 avril 1862.

LE BOUCHON DE BRUYÈRE

A MON AMI FOSSARD

Air *de la Mère Godichon* (de Gustave Nadaud).

REFRAIN.

Qu'on fasse le tour du canton
Pour voir comme on vénère
Le bouchon de bruyère
Offert à Madelon! } (*Bis.*)

Croirait-on que, naguères,
Ce bouchon fut presque un exploit
Des gens de l'endroit :
Pour avoir ses bruyères,
On vit des gars amoureux fous
Braver neige et loups.
Les mères comme ensorceleuse
Traitaient la Madeleine alors ;
C'est que le pire de ses torts
Était d'être belle et rieuse !...

Qu'on fasse le tour du canton
Pour voir comme on vénère
Le Bouchon de bruyère
Offert à Madelon ! } (*Bis.*)

Des hameaux à la ronde,
Maintes fois les déshérités
Les plus maltraités,
Auraient maudit le monde,
Sans la faveur d'un doux abri
Au Bouchon chéri !
Pour eux, ce n'est plus une enseigne
Qui se balance au bord des toits :
Tous y contemplent une croix
Sur un temple où la bonté règne !

Qu'on fasse le tour du canton
Pour voir comme on vénère
Le Bouchon de bruyère
Offert à Madelon! } (*Bis*).

Au bout de son voyage
Le compagnon ou le troupier,
Rentrant au foyer,
S'occupe davantage
Du vieux Bouchon que du clocher,
Tournant le rocher.
Ses rameaux battus par la bise
Recèlent bien des repentirs ;
Mais c'est la ruche aux souvenirs
En touchant la terre promise!

Qu'on fasse le tour du canton
Pour voir comme on vénère

Le Bouchon de bruyère } (*Bis.*)
Offert à Madelon !

Un jour, dans la vallée,
Le plus malin se vit surpris
Par les ennemis ;
A la nuit étoilée,
Notre orgueil leur fit payer cher
Leurs ruses d'enfer.
On fit un imprenable ouvrage
Du cabaret de Madelon,
Et les bruyères du Bouchon
Furent le drapeau du village !...
Qu'on fasse le tour du canton
Pour voir comme on vénère
Le Bouchon de bruyère } (*Bis.*)
Offert à Madelon !

Lorsque la bonne vieille
Soupirera, contre son vœu,
Le suprême adieu,
A s'étourdir l'oreille,
Puissants, riches et malheureux
Gémiront entre eux.
Alors les branches de bruyères
Du Bouchon au passé fameux,
Comme un souvenir glorieux

Iront au chevet de nos pères!
Qu'on fasse le tour du canton
Pour voir comme on vénère
Le Bouchon de bruyère
Offert à Madelon! } (*Bis.*)

Paris, 1860.

LE CHATELAIN DU LAZARET

AU DOCTEUR A. LE FÈVRE

AIR de la Complainte d'Infortunio

Quand l'ennui, la tristesse,
Oppriment notre humeur,
Ah! ah!
Nos yeux avec tendresse
Vont au toit du docteur,
Ah! ah!
Agiles comme lièvre,
Nous prenons le côté
Qui conduit chez Le Fèvre,
Chemin de la gaîté.

REFRAIN.

Le bien qu'on fait
Au Lazaret

N'est plus secret :
L'éloge en est
Sur chaque lèvre !

Le savoir d'Esculape
Porte encor maint bienfait,
Ah ! ah !
Celui du docteur frappe
Par les cures qu'il fait,
Ah ! ah !
Bile, sang, comme fièvre,
Sont peu récalcitrants,
Quand le docteur Le Fèvre
Se consacre aux souffrants.

REFRAIN.

Le bien qu'on fait
Au Lazaret
N'est plus secret :
L'éloge en est
Sur chaque lèvre !

L'ouvrier dans la peine
Que minent les besoins,
Ah ! ah !
Malade et dans la gêne,
Veut-il avoir des soins,
Ah ! ah !
C'est au docteur Le Fèvre

Qu'il ira demander
Les soins dont on le sèvre,
Un bon cœur pour l'aider.

REFRAIN

Le bien qu'on fait
Au Lazaret
N'est plus secret :
L'éloge en est
Sur chaque lèvre !

Je vous dirai qu'en somme,
Je sais bien ce que vaut,
Ah ! ah !
Le savoir du brave homme
Que j'honore tout haut,
Ah ! ah !
Avec la médecine,
Faire appel au bons sens,
C'est la saine doctrine
Qu'il pratique en tout temps.

REFRAIN.

Le bien qu'on fait
Au Lazaret
N'est plus secret :
L'éloge en est
Sur chaque lèvre !

Falicon, près Nice, 16 octobre 1864.

PÉCHÉS MORTELS

ARRIVÉE A MAZAS (1)

A MES ENFANTS

AIR : *J'ignore son nom, sa naissance*
(De : SI J'ÉTAIS ROI!)

Depuis huit jours, vos cœurs candides
En tous sens fouillent l'horizon
Pour trouver les causes perfides
Qui m'ont fait aller en prison.
Quand vous aurez atteint mon âge...
Pour honorer mes cheveux blancs...
Si vous en faites davantage,
Je vous bénirai, chers enfants !

(1) Où je fus détenu préventivement pendant 45 jours comme inculpé du délit de coalition (art. 414 et 415 du Code pénal). Acquitté.

Sorti d'une pauvre mansarde
Où j'expirais, ignorant tout,
Je me suis placé sous la garde
D'un art qui m'a remis debout.
Par lui, j'ai vu fuir l'indigence
Et j'ai conquis d'humbles talents...
C'est si bon la reconnaissance !
Pardonnez-moi, mes chers enfants !

Un jour, l'urne professionnelle
Me fit arbitre du travail ;
Malgré la tourmente actuelle
J'espère encore un nouveau bail.
Chercher le bien, guérir le vice,
Vous a privés de beaux instants...
C'est si doux de rendre justice !
Pardonnez-moi, mes chers enfants.

Plus tard, une faveur auguste
Ceignit mes reins d'un lourd fardeau ;
Avec le sentiment du juste
J'ai fait respecter le drapeau !
Pour bien grouper la noble horde,
J'ai troublé vos rêves charmants...
C'est si beau d'aimer la concorde !
Pardonnez-moi, mes chers enfants.

A votre mère désolée,
Croyant que le monde est ingrat,

J'ai fait la vie un peu troublée
Depuis que je suis magistrat !
Elle dit souvent : « Les apôtres
Dépensent follement leurs temps… »
C'est si bien d'être utile aux autres !
Pardonnez-moi, mes chers enfants.

Mazas, 3 avril 1862.

UN APOTRE

—

A LOUIS-SIMON PARMENTIER

—

Air de Mlle Garcin

A chaque époque et dans toutes les classes
Dieu fait surgir des émancipateurs ;
L'humanité ne va baiser leurs traces
Que lorsqu'ils ont épuisé les douleurs.
Mais le respect qu'un beau passé nous prêche
En moi n'a pas un sceptique oublieux…
Depuis vingt ans, je te vois sur la brêche
Frayer la voie aux efforts glorieux…

En éclairant ta raison souveraine,
Donnée aux sots comme un épouvantail,
L'anatomie ajoute à son domaine
Le nouveau monde ouvert par le travail.
Laisse fronder l'ingratitude sèche :
Le vrai mérite a des abris pieux...
Depuis vingt ans, je te vois sur la brèche
Frayer la voie aux actes glorieux...

Aux tristes jours, ta foi persévérante
Se purifie aux plus amers dégoûts ;
Elle a pour sœur l'activité constante
Noblement mise au service de tous.
Une pléiade, éclose sous ton prêche
Évangélise un peu dans tous les lieux...
Depuis vingt ans, je te vois sur la brèche
Frayer la voie aux succès glorieux...

Ce n'est pas tout que de savoir détruire;
Sur les débris, il faut pouvoir bâtir...
Eh bien ! l'esprit si puissant à conduire
Sait encor mieux abriter l'avenir.
Le bien qu'on fait et le mal qu'on empêche
Ont tôt ou tard des rayons lumineux...
Depuis vingt ans, je te vois sur la brèche
Frayer la voie aux travaux glorieux...

Pour couronner ton existence austère,
Jamais pour toi l'État n'eut de faveurs ;

Mais les Mécène, au bout de ta carrière,
Viendront sans doute exalter tes labeurs !
Rappelle-toi comme la flamme lèche
Les murs qu'attend le brasier anxieux...
On te verra succomber sur la brèche
Tenant en main le drapeau glorieux !

Mazas, 14 avril 1862.

LE BON VIEUX TEMPS

A EMMANUEL HUET

Air à faire

C'est à mon tour de souffrir des entraves
Que le travail rencontre encor partout ;
J'étais de cœur naguère avec les braves,
Mais aujourd'hui comme eux je suis debout !
Le sombre aspect de l'époque où nous sommes
Vient évoquer tes exploits méritants,
Et maintenant je comprends mieux les hommes
Du bon vieux temps.

Dans les sillons d'une terre rebelle,
Jusqu'à ce jour aux efforts semeur,
Le grain tombé de ta main fraternelle,
Comme un prodige a propagé sa fleur.
Nous lui devons la moderne phalange
Habituée aux généreux élans...
Elle m'inspire une ardente louange
Au bon vieux temps.

Je vois souvent ta noble tête blanche
Tourner au vent de l'incrédulité;
Lorsqu'il vieillit, l'esprit de l'homme penche
Vers le marasme et la tranquillité.
Fou consolé par le rôle de sage,
Il faut céder la place aux jeunes gens...
Leur gaucherie est encore un hommage
Au bon vieux temps!

Le dernier roi, comme une bête fauve,
Faisait traquer vos groupes énervés ;
On dit souvent que la foi seule sauve,
Eh bien ! la foi seule vous a sauvés!
Les carrefours et les marronniers sombres
Ont abrité les apôtres fervents...
Il renaîtra, du sein de nos décombres,
Le bon vieux temps.

Il faut avoir foi dans la Providence
Pour espérer survivre aux coups portés,

Aussi jamais d'aucune défaillance
Je n'ai senti mes esprits tourmentés...
De la prudence aux injustices noires,
Les ennemis font les chemins glissants...
Dieu tout puissant, laisse debout les gloires
Du bon vieux temps!

Mazas, 9 avril 1862.

MERCI

A Mme GUEFFIER-ARNOUX

A LA RÉCEPTION DE SA LETTRE

AIR de la Vie de Bohême.

J'écoutais en penseur crédule
Les vêpres du jour des Rameaux,
Lorsqu'arriva dans ma cellule
Un apaisement pour mes maux.
Indifférent à la bastille
Qui me retient sous ses verroux,
J'ai prié Dieu pour ma famille
En lui parlant beaucoup de vous.

L'orgue de notre basilique
Tout à coup m'a semblé vouloir
Accompagner le beau cantique
Que je venais de recevoir.
En harpe se changeait la grille
Pour moduler ce chant si doux...
J'ai prié Dieu pour ma famille
En lui parlant beaucoup de vous!

Je suis resté quelques minutes
Sous le coup d'un ravissement
Que la plus heureuse des luttes
N'aurait pu suspendre un moment.
Le purgatoire où mon cœur grille
Parut avoir des feux plus doux...
J'ai prié Dieu pour ma famille
En lui parlant beaucoup de vous!

Cette missive bienfaisante,
Où perce un peu partout l'esprit,
Possède une grâce touchante
Qui m'a complétement séduit.
Vous avez été l'humble fille
Que le mourant voit à genoux...
J'ai prié Dieu pour ma famille
En lui parlant beaucoup de vous!

Vivez longtemps, soyez heureuse,
Le monde s'en trouvera bien :

Pour panser l'âme souffreteuse,
Dieu vous créa femme de bien.
L'exquise charité qui brille
Dans vos soulagements à tous
M'a fait ajourner la famille,
Afin de prier Dieu pour vous!

Mazas, 13 avril 1862.

LA LIBERTÉ POUR QUELQUES-*HUNS*

A FRANÇOIS CORTEYN ET ABEL AGOGNÉ

AIR *de la Montagne où je suis né.*

Adieu jeunesse ardente et brave,
Aux yeux pétillants de fierté,
Votre âme a su demeurer grave
Aux jours de la captivité.
Au poste où parfois l'homme tremble,
Vous montriez courage et raison...
Nous ne mangerons plus ensemble
Le pain béni de la prison.

Je n'aurais pas cru vos cervelles
Si vaillantes à soutenir
Que le monde a des écrouelles
Dont il faudra bien le guérir.
Notre malheur d'aujourd'hui semble
Prouver que nous avons raison...
Nous ne mangerons plus ensemble
Le pain béni de la prison !

Les angoisses de la famille,
Qui nous mettaient des pleurs aux yeux,
N'ont pu franchir l'horrible grille
Par laquelle glissaient vos vœux.
Pour que mon enfant vous ressemble,
Je dirai plus d'une oraison...
Nous ne mangerons plus ensemble
Le pain béni de la prison !

Plus fiers que nous de la déveine
Qui, sans se lasser, nous frappait,
Vous regardiez comme une peine
La liberté qu'on vous rendait.
Si quelque vieux vin vous rassemble,
Arrosez bien votre chevron...
Nous ne mangerons plus ensemble
Le pain béni de la prison !

Mazas, 5 avril 1862.

MON PERSÉCUTEUR

AUX HÔTES DE LA CELLULE N° 2, A LA PRÉFECTURE DE POLICE

AIR du Vieux Braconnier.

Dans un récent petit livre,
Dumont disait à son tour
Que l'ouvrier pouvait vivre
Avec dix-huit sous par jour.
Entre quatre murs étranges,
J'ai vu cela tout du long...
Amis, chantez les louanges
Du faux bonhomme Dumont.

La soif des bonnes affaires
N'est pas ce qui l'a conduit
A créer ces phalanstères
Où vous aurez un réduit.
Au *Dépôt* l'amitié prouve
Que le système a du bon...
Vite, mon Dieu, qu'on approuve
Le faux bonhomme Dumont.

Quand le travail d'une femme
Vaut celui d'hommes adroits,
Pourquoi, par calcul infâme,
Le frapper d'iniques droits.
Exploiter faiblesse et peine
Sans avoir le rouge au front,
C'est la charité chrétienne
Du faux bonhomme Dumont.

Le cœur qui bat sous vos blouses
N'est pas assez vigilant
Pour prémunir vos épouses
Des audaces d'un galant...
A Brichy, les bureaucrates
Veilleront sur le jupon...
Chantez les mœurs délicates
Du faux bonhomme Dumont.

A chaque fête annuelle,
Il lisait, la larme aux yeux,
Une ode sempiternelle
Sur vos mérites nombreux.
Vous étiez ses camarades
Qu'on estimait tout de bon...
Escomptez les embrassades
Du faux bonhomme Dumont.

Les deux mains sur la poitrine,
Les yeux tournés vers le ciel,

Avec une voix câline,
Comme il était paternel !
Avoir tant aimé des êtres
Et les flanquer en prison...
C'est bien le meilleur des maîtres
Le faux bonhomme Dumont.

Dépôt de la Préfecture de police, 29 mars 1862.

LA PRIÈRE DES TYPOGRAPHES AU DÉPOT

—

A mes compagnons de voyage pour Mazas
V. Moulinet, A. Parrot, J.-B. Grosley, Samié, Deladreue et Debock

—

AIR de l'*Ave-Maria*.

Élevons au ciel
Notre voix sans faiblesse,
Pour que progresse
Notre art immortel

Éclaire ces âmes
Qui, dans ce moment,
Aux choses infâmes
Vont aveuglément.

Protége la cause
Qu'on soutient front haut,
Qui fait voir en rose
Les murs d'un cachot.

Qu'il soit un grand maître
Du siècle de fer(1) ;
Nous, nous voulons être
Preux de Gutemberg.

Dans notre ménage
Miné de chagrins,
Porte le courage
Dont nous sommes pleins.

Que l'imprimerie
Prospère toujours ;
Ravis l'industrie
Aux becs des vautours.

En nos mains ferventes
Nos pères ont mis
Des œuvres puissantes
Qu'attendent nos fils.

Élevons au ciel
Notre voix sans faiblesse
Pour que progresse
Notre art immortel !

Dépôt de la Préfecture de police, 1er avril 1862.

(1) M. Dumont.

LE TOMBEAU DES VIVANTS

A MES AMIS A. PARROT ET V. MOULINET

Air de Mlle Garcin.

Pauvres amis ! vainement je vous cherche
Dans le sépulcre où l'on vous a placés :
Je n'aperçois qu'un surveillant qui perche
Près d'une porte aux panneaux cuirassés.
Entendez-vous tourmenter les serrures,
Rouler les chars et pousser les verroux ?
C'est notre esprit qu'on soumet aux tortures...
Libres bientôt, nous ne serons pas fous !

Pauvres damnés ! les honnêtes croyances
Nous ont jetés dans l'enfer des vivants !
Un jour viendra, de meilleures balances
Sauront peser nos desseins bienfaisants.
En attendant, songeons aux créatures
Qu'un sort cruel sépare encor de nous...
C'est notre esprit qu'on soumet aux tortures...
Libres bientôt, nous ne serons pas fous !

Ils riraient trop, demain, les bons apôtres,
S'ils pouvaient dire, invoquant le passé :
« — Ce que cet homme exigeait de nous autres
N'était pourtant qu'un rêve d'insensé ! »
Si la prison imprime des souillures,
Pour cette fois, il n'en est pas pour nous...
C'est notre esprit qu'on soumet aux tortures...
Libres bientôt, nous ne serons pas fous !

Sous ma lucarne, une patrouille passe ;
A mon guichet se promène un geôlier,
Et mon oreille écoute dans l'espace
Le vent qui mord au toit *hospitalier !*
Pauvres amis ! les épreuves sont dures
Pour amener l'équité parmi nous....
C'est notre esprit qu'on soumet aux tortures,
Libres bientôt, nous ne serons pas fous !

Mazas, 7 avril 1862.

LA MACHINE TYPOGRAPHIQUE

Air de la Chanson de la Soie (de Pierre Dupont).

REFRAIN.

Poursuis en agile gazelle
Ton travail civilisateur ;

Sur tes deux rails roule, ma belle,
Ton char qu'entraîne la vapeur!

De ma Machine aux beaux rouages
J'aime les graves roulements ;
On croirait voir bercer les pages,
Tant sont légers ses mouvements.
Ses cordons frémissent d'étreindre
Les feuilles en captivité,
Qui vont prendre sous le cylindre
Le sceau de la postérité!

REFRAIN.

Poursuis en agile gazelle, etc.

Un conducteur pusillanime
Est, pour elle, un épouvantail;
Il faut que son guide s'anime
Par le feu sacré du travail.
Talent, persévérance et veilles,
Avec elle tout est profits,
Car elle enfante des merveilles
Qui font la gloire du pays!

REFRAIN.

Poursuis en agile gazelle, etc.

Ses bras, d'un poli qu'on admire,
Sont de véritables miroirs
Dans lesquels jamais ne se mire
Un front chargé de soucis noirs.
Pour moi qui, tout entier, me voue
Au plaisir de la gouverner,
Son cylindre est comme une roue
Que la fortune fait tourner !

REFRAIN.

Poursuis en agile gazelle, etc.

Aux prôneurs des droits d'un autre âge
Elle montre, en roulant par chocs,
Les dents de son fier engrenage
Comme un gros chien montre ses crocs.
Mais lorsqu'il s'agit de répandre
La lumière et la liberté,
Oh ! mes amis, rien ne peut rendre
Sa fiévreuse célérité.

REFRAIN.

Poursuis en agile gazelle
Ton travail civilisateur ;
Sur tes deux rails, roule, ma belle,
Ton char qu'entraîne la vapeur !

Paris, 14 mai 1855.

UN TOAST DANS LA CELLULE 122 (1)

AIR des *Mousquetaires de la Reine.*

Ma coupe, hélas! n'est pas brillante,
Mais le vin que j'y verse est bon ;
Comme l'amitié vigilante,
Il sait consoler en prison.
Aux oppressions terrassées,
Il faut boire à n'en plus finir...
Je trinque avec vous en pensées
Aux conquêtes de l'avenir.

Pour des hommes à l'âme grande
Le monde applaudit tous les jours,
Des pélicans de contrebande
Nés impitoyables vautours.
Aux cupidités dénoncées,
Il faut boire à n'en plus finir...
Je trinque avec vous en pensées
Aux conquêtes de l'avenir!

(1) Entre Victor Moulinet, Adolphe Parrot et moi, il était convenu, pendant que nous étions à Mazas, qu'à cinq heures du soir, le dimanche et le lundi, nous viderions un gobelet de vin à nos santés respectives.

La liberté remplit la bouche
De ces apôtres de malheur ;
Mais celle d'autrui point ne touche
Leur poitrine où se tait le cœur.
Aux fausses gloires dispersées,
Il faut boire à n'en plus finir...
Je trinque avec vous en pensées
Aux conquêtes de l'avenir !

Mazas, 5 avril 1862.

LE SOLDAT DE DIEU

A MON AMI TH. ALFONSI

« La France est le soldat de Dieu. »
(SHAKESPEARE).

REFRAIN

N'hésitons pas devant l'aveu
Que notre beau pays de France,
Par son génie et sa puissance
Est bien le vrai soldat de Dieu.

Prenant la main des braves d'un autre âge,
La France un jour, lasse du sang versé,
Dit à ses fils : « — J'ai détruit le servage ;
« D'un droit nouveau, le règne a commencé.
« Gardez la foi qui transportait vos pères ;
« Mais respectez toujours celle d'autrui... »
Puis au foyer des haines séculaires
La liberté de la croyance a lui.

REFRAIN

N'hésitons pas, etc.

Naguère encor, des enfants de la France
Vivaient courbés sous d'implacables lois ;
Les pauvres noirs, dès leur jour de naissance,
Du titre d'homme abdiquaient tous les droits.
Ouvrant son âme aux splendides lumières,
Un jour la France, écoutée à genoux,
A dit bien haut : « Tous les hommes sont frères,
Car le travail est rédempteur de tous. »

REFRAIN

N'hésitons pas, etc.

Les opprimés que meurtrissent les chaînes
Ou qu'on envoie aux gibets glorieux,
Ont la douleur et la mort plus sereines
Dès que la France est de cœur avec eux.

Lorsqu'un grand peuple attend sa délivrance
Et qu'il faiblit, frappé de tous côtés,
L'épée en main, un jour vient où la France
Vole au secours des martyrs indomptés.

REFRAIN

N'hésitons pas, etc.

Partout, d'un bout à l'autre de la terre,
Le nom de France est symbole d'honneur ;
N'est-elle pas le premier lapidaire
Glorifiant l'œuvre du Créateur ?
Tout ici-bas s'agite et s'égalise,
Obéissant à sa divine ardeur.
Soldat de Dieu, la France civilise
Tout le vieux monde accroupi dans l'erreur !

REFRAIN

N'hésitons pas devant l'aveu,
Que notre beau pays de France
Par son génie et sa puissance
Est bien le vrai soldat de Dieu.

Mazas, 8 avril 1862.

LA CHANSON DE L'OUVRIER

A MON AMI B. VIGUIER

AIR de la Soie (Musique de Pierre Dupont).

REFRAIN

Des biens que le ciel nous envoie,
Dans son éternelle bonté,
Ceux qui font ma suprême joie,
C'est le travail et la santé.

Avoir travail et santé bonne,
C'est être chéri du bon Dieu;
Car lorsqu'ensemble il nous les donne,
Il comble notre plus beau vœu.
Ces biens dispensent de puissance;
Il arrive même souvent,
Qu'un riche a moins d'indépendance
Qu'un pauvre ouvrier de talent!

Des biens que le ciel nous envoie, etc.

Sitôt ouvrier, la patrie
Vient réclamer l'impôt de sang,

Dont s'affranchit l'oisif qui crie :
« — Mon or, pour moi sera vaillant ! »
Celui que le sort favorise
Soutient des fruits de son labeur
Ses vieux parents à tête grise
Et veille à l'honneur de sa sœur !

Des biens que le ciel nous envoie, etc.

Le travail procure la fête
De conduire fraîche à l'autel,
Une enfant chaste et pauvrette,
Ravie au foyer paternel.
C'est lui qui remplit d'espérance,
L'humble demeure des époux,
En y répandant une aisance
Qu'entoure le respect de tous.

Des biens que le ciel nous envoie, etc.

Nos fils, ravis à l'ignorance,
Par l'activité de nos bras,
Sont la plus douce récompense
De nos fatigues d'ici-bas,
Faute d'un brillant héritage,
Quand la mort brise notre bail,
Ils ont le nom pur, le courage,
Des vénérables du travail !...

REFRAIN

Des biens que le ciel nous envoie.
Dans son éternelle bonté,
Ceux qui font ma suprême joie.
C'est le travail et la santé.

Mazas, 17 avril 1862

PÉCHÉS GALANTS

EN AMOUR...

A MON AMI D. COUTURIER

Air : De la Montagne où je suis né,
ou : A genoux devant, etc.

Le jeune cœur du voisin flambe
Pour une beauté d'amadou,
Dont par hasard il vit la jambe
Jusqu'aux approches du genou.
L'amant en titre la veut pendre,
Lui perd son temps à mignarder...
En amour, il faut toujours prendre
Et ne jamais rien demander! } (Bis.)

Je ris à casser mes bretelles,
Quand je vois certains Adonis
Lutiner les jeunes donzelles
Pour avoir un baiser permis.
C'est un supplice que d'attendre,
Il faut cent fois mieux hasarder...
En amour, il faut toujours prendre
Et ne jamais rien demander! } *(Bis.)*

Convoiter les alpes divines
Récalcitrantes au corset,
Vaut moins qu'explorer les collines
De l'épaule jusqu'au mollet.
S'il est un point qu'on veut défendre,
Raison de plus pour l'aborder...
En amour, il faut toujours prendre
Et ne jamais rien demander! } *(Bis.)*

Chez nous la vertu féminine,
Formidable comme Toulon,
Résiste par la crinoline
Et l'obstacle d'un pantalon.
Quand la place hésite à se rendre,
Eh bien! on doit l'escalader...
En amour, il faut toujours prendre
Et ne jamais rien demander! } *(Bis.)*

La femme, en mettant bas les armes,
Se promet, dans le fond du cœur,

De se soustraire par les larmes
Aux caresses de son vainqueur.
Les larmes qu'elle peut répandre
Ne doivent pas intimider...
En amour, il faut toujours prendre } *Bis*
Et ne jamais rien demander!

Pour avoir une descendance,
Certains couples au désespoir,
Aiguillonnent leur impuissance
Par l'héroïsme du devoir.
Ces ménages osent prétendre
Que s'affaiblir, c'est féconder...
En amour, il faut toujours prendre } *Bis*
Et ne jamais rien demander!

Paris, juin 1860

AUBÉPINE

A Mme ALPHONSE T.........

Air : du Réveil-Matin.

Aubépine a passé l'âge
Des rêves dorés,
Sans trop ressentir l'outrage

Des temps expirés.
Bien que son charme décèle
La maturité,
On fait en vain auprès d'elle
Vœu de chasteté.

Le regard
Égrillard
D'Aubépine
Me fascine!
Sur l'honneur,
J'en ai peur
Pour mon pauvre cœur!...

Recors, huissiers, qu'on voit fondre
Sur nous quelquefois,
En brebis bonnes à tondre
Changent à sa voix.
La meilleure carabine
Contre un grand danger,
Moins que les yeux d'Aubépine
Peut nous protéger!

Le regard
Égrillard
D'Aubépine
Me fascine!
Sur l'honneur,

J'en ai peur
Pour mon pauvre cœur!...

Aubépine semble étrange
En ses gais dehors :
Elle a les grâces d'un ange,
Et le diable au corps!
Sans recourir au champagne,
Quand vient le dessert,
Sa gaîté vite nous gagne...
Mais souvent nous perd.

Le regard
Égrillard
D'Aubépine
Me fascine!
Sur l'honneur,
J'en ai peur
Pour mon pauvre cœur!...

Des frondeurs de la jeunesse
Folle de progrès,
Elle apaise avec sagesse
Les malins excès.
Femme un peu soucieuse
Du sort des humains,
Elle est parfois la couveuse
De nobles desseins!

Le regard
Égrillard
D'Aubépine
Me fascine!
Sur l'honneur,
J'en ai peur
Pour mon pauvre cœur!...

Son cœur est un tabernacle
D'exquises faveurs,
Qu'émeut toujours le spectacle
Des grandes douleurs.
Sa maison est un vrai temple
Où, sans vanité,
L'on prêche en tout temps d'exemple
Pour la charité!

Le regard
Égrillard
D'Aubépine
Me fascine!...
Sur l'honneur,
J'en ai peur
Pour mon pauvre cœur!...

Paris, octobre 1860.

LA DAME AUX GRANDS YEUX NOIRS DE PASSY

A Mme SOPHIE H......

AIR du Vieux Braconnier

On l'aime comme rieuse,
Mais promettre est son défaut :
A ses amis, l'oublieuse
Trois fois sur cinq fait défaut.
Sur terre, il n'est pas de femme
Plus folâtre... Dieu merci !
Que la dame...
Que la dame
Aux grands yeux noirs de Passy.

On trouvera sa pareille,
Pour la grâce et la beauté;
Mais c'est presque une merveille
De malice et de gaîté.
Le cœur le plus froid prend flamme
Au babillage fleuri

De la dame...
De la dame
Aux grands yeux noirs de Passy !

Jamais elle ne défaille
En présidant un repas,
Et lorsque son cœur déraille,
Son esprit ne bronche pas.
Par le feu d'une épigramme,
On est sûr d'être roussi
Chez la dame...
Chez la dame
Aux grands yeux noirs de Passy !

On a beau prendre avec elle
Les airs les plus courroucés :
Un regard de sa prunelle
Les a bientôt effacés.
Aussi la peur d'un grand blâme
N'a jamais causé souci
A la dame...
A la dame
Aux grands yeux noirs de Passy !

Elle est parfois bien mondaine,
Mais nulle voix ne sait mieux
Dissiper tourment et peine
Dans le cœur des amoureux.

Que le salut de mon âme
Soit certain comme celui
De la dame ..
De la dame
Aux grands yeux noirs de Passy !

Passy, mai 1860.

LA SUZON

Petite rivière qui fait le tour de Dijon

A MON AMI J. MAIRET

Air : Aussitôt que la lumière.

A l'entour de Dijon coule
Une rivière aux flots gris,
Qui, doucement, se déroule
A travers des prés fleuris.
Le citadin en voyage,
Épris d'un si beau gazon,
Veut faire un pèlerinage
A la source de Suzon!

L'Ouche puissant la convoite,
Lui promettant ses flots roux;
Mais Suzon est trop étroite
Pour prendre un semblable époux.
Les zéphyrs de la montagne
Ont la douce exhalaison
Des parfums de la campagne
En caressant la Suzon!

Une ou deux fois chaque année,
Les ruisseaux qu'elle conduit,
Comme une meute acharnée
S'introduisent dans son lit.
Alors survient une lutte
Dont se réjouit Dijon :
Le petit au grand dispute
L'honneur de remplir Suzon !

Lorsqu'un gros vent la trémousse
Sous les ombrages d'un bois,
On est séduit par la mousse
Qu'elle a dans certains endroits.
Malgré ses bas-fonds avides,
Quelle que soit la saison,
On n'aperçoit pas de rides
Aux surfaces de Suzon!

Fécondant les belles choses,
La Suzon, sur son parcours,

Sait multiplier les roses
Et les champêtres amours.
Attiré par l'herbe fraîche,
Plus d'un couple en déraison,
Démontre comment on pêche
Au bord du lit de Suzon!

Paris, décembre 1861.

PÉCHÉS VÉNIELS

LE PÈRE THOMAS

Marchand de chansons et Chanteur ambulant de Lyon

A MON AMI MAZIER

Air du Curé de Pomponne

Vous rappelez-vous ce bon vieux
  De vie aventureuse,
Dont l'archet charmait en tous lieux
  La jeunesse rieuse?
Qui sait si l'on ne lui doit pas
  L'entrain qu'ici j'admire?...
Buvons donc au père Thomas
  Qui nous a tant fait rire!...

En plein air, sa verve a fouetté
  Les pédants, les faux sages,
Et reconquis à la gaîté
  Les plus mornes visages.
Les amoureux à ses ébats
  Oubliaient leur martyre....
Buvons donc au père Thomas
  Qui nous a tant fait rire!

Il frappait de ses traits malins,
  Les ladres, les prodigues;
Des retords et des patelins,
  Il dévoilait les brigues.
Les travers déguisaient tout bas
  Leur peur du vieux satyre...
Buvons donc au père Thomas
  Qui nous a tant fait rire!

Ceux que l'injuste défaveur
  Frappait de sa main vile,
Cherchaient comme un consolateur
  Le bouffon par la ville.
Bien sûr qu'il sauva du trépas
  Plus d'un homme en délire....
Buvons donc au père Thomas
  Qui nous a fait tant rire!

Que de fois, lors de nos revers,
  En prêchant l'espérance,

N'a-t-il pas redit les beaux vers
Des hymnes de la France!
Sa voix sur nos jeunes soldats
Etait pleine d'empire....
Buvons donc au père Thomas
Qui nous a fait tant rire!

Les bonnes, les petits enfants,
Poursuivaient sur les places
Le vieux bonhomme dont les chants
Fondaient toutes les glaces.
Mais le Temps, armé d'un damas,
Vint trop vite l'occire,
Et depuis qu'est parti Thomas
Nous ne savons plus rire.

Lyon, 1852.

LA MÈRE DU MUET

Air de Julie.

— Lorsqu'il vous vit, les yeux baignés de larmes,
Me consoler de la mort d'un époux,
Et pour dompter de mortelles alarmes,

Me caresser des rêves les plus doux...
Son jeune cœur tout entier à sa mère,
Depuis ce temps est à nous de moitié;
Mon fils vous aime et sa peine est amère...
De tous les deux, ma chère, ayez pitié! ..

— A vos genoux, s'il pouvait de son âme
Articuler les secrets et les vœux,
Je le sens là, sans courroux, de sa flamme
Vous entendriez les timides aveux.
Il est muet!... Jamais, même à sa mère,
Il n'a pu dire un seul mot d'amitié;
Ma chère enfant, faudra-t-il qu'il espère
Un peu d'amour dicté par la pitié?

— Lorsque la nuit descend sur la colline,
Et quand la cloche a tinté l'angélus,
Près de l'autel où tout chrétien s'incline,
Ses yeux sur vous errent irrésolus;
De sa prière, à son Dieu qu'il implore,
Il n'offre plus qu'une faible moitié,
Anisi qu'au ciel, ici-bas il adore...
De mon enfant, bel ange, ayez pitié!

— A mes aveux, quoi! vous joignez les vôtres ?...
Ah! de mes jours, ce jour est le plus doux!
Vos sentiments sont semblables aux nôtres
Et mon enfant deviendra votre époux.

Courons à lui, la charité l'ordonne;
Mais, prudemment, n'avouons qu'à moitié,
Car désormais, ce que votre cœur donne,
C'est de l'amour et non de la pitié!

Sedan, 20 avril 1842

MA SŒUR DE LAIT

A Mme CHAMONARD

Air du *Vieux Célibataire* (Béranger)

Je t'ai connue aimante et brave fille
Dans ce village où partout l'on t'aimait;
Il est resté vivace en ma famille
Le souvenir de ton cœur si parfait.
O Madelon! que je voudrais te rendre
Tous les bons soins dont tu m'as entouré!
Mais tu deviens à chaque heure plus tendre;
Mon Dieu, jamais je ne m'acquitterai.

Que de soufflets ta petite main rose
A détourné de leur direction!
Combien de fois as-tu plaidé ma cause
Pour m'éviter quelque punition!

L'enfant battu, qu'en tous temps on opprime,
Grandit avec des sentiments étroits :
Si mon bon sens inspire quelque estime,
Il est certain qu'à tes soins je le dois.

Je te retrouve honnête et bonne mère,
De tous aimée, ainsi qu'à dix-sept ans;
Rien n'est changé dans ton bon caractère
Que je retrouve entier dans tes enfants.
A ton foyer, ma femme s'est assise,
Puisant tendresse aux lèvres d'un Mentor,
Et si toujours elle est douce et soumise,
Ce bonheur là de toi me vient encor.

Puteaux, 23 mars 1848.

PÉCHÉS BACHIQUES

COUPLETS D'ADIEU

A M. MICHÉ

passant du commerce de vin en détail au commerce en gros

CHANTÉS PAR M. PIERRE RICHARD

AIR : Ah ! le bel oiseau, maman !

Du bon vieux père Miché
L'on regrette
La retraite ;
Faut n'avoir jamais liché
Pour ne pas pleurer Miché.

Grâce au vin qu'il a tiré,
Le bonhomme se retire,
Laissant un nom vénéré
Qui tel que l'aimant attire

Du bon vieux père Miché, etc.

Il possédait un sérail
De brunes qu'on savait prendre;
Il les cédait au détail,
C'est en gros qu'il veut les vendre!

Du bon vieux père Miché, etc.

Homme à flatter le palais
Pour établir son empire;
Chez lui, bordeaux, beaujolais,
Se montraient coiffés de *cire!*

Du bon vieux père Miché, etc.

A nos repas si joyeux
Organisés hors ménage,
S'il s'est montré généreux,
Ses vins l'étaient davantage.

Du bon vieux père Miché, etc.

Dieu! que de nez en rubis
Sa science a fait éclore;
Et les visages fleuris
Sont bien plus nombreux encore!

Du bon vieux père Miché, etc.

Les crûs pris sous les fagots,
Vins aux vertus sans pareilles,

S'échappaient par les goulots
Comme un plaisir en bouteilles!

Du bon vieux père Miché, etc.

De son cabaret, ma foi,
J'ai pu sortir en ribotte...
Mais pour prouver que chez moi
Je sais porter la *culotte!*

Du bon vieux père Miché, etc.

J'aimais voir sortir poudreux
Les vétérans de ses caves;
Plus les mâtins étaient vieux,
Et plus ils nous rendaient braves!

Du bon vieux père Miché, etc.

Saluons monsieur Miché,
Et que le ciel le conduise;
En chapelle il a prêché,
Il veut prêcher en église!

Du bon vieux père Miché
L'on regrette
La retraite;
Faut n'avoir jamais liché
Pour ne pas pleurer Miché!

LES RIPOTEAUX

OU LES

RIPAILLEURS EXCURSIONNISTES

—

Air de Saltarello (Folies Parisiennes).

REFRAIN

Petites gens, mais joyeux drilles,
Par le ventre et le cœur égaux;
Jamais bon vin, ni blondes filles,
N'ont effrayé les Ripoteaux!

Ce n'est qu'une fois par année
Qu'un même dîner leur sourit;
Ils brisent dans cette journée
La tontine de leur esprit!

Petites gens, etc.

Lonchamps n'est pas trop leur affaire;
Et s'ils parlent de nouveauté,
C'est pour arriver à mieux faire
La toilette de leur gaîté!

Petites gens, etc.

On ne vit pas toujours en frères,
Mais le vin les rend si courtois,
Que leurs querelles et leurs verres
D'un trait se vident chaque fois!

Petites gens, etc.

Le plus bouillant d'entre eux compose
Devant ce conseil des plus sûrs :
Si l'on doit battre quelque chose,
Il vaut bien mieux battre les murs!

Petites gens, etc.

Le Ripoteau s'installe en hôte,
Dans le cœur le plus cuirassé;
Quand la dragée est un peu haute,
C'est que c'est un bonbon glacé.

Petites gens, etc.

Ce n'est pas sa main qui repousse
Le vin gris pour les nectars fins;
Pour lui, le tapage et la mousse
Sont la crinoline des vins!

Petites gens, etc.

Quand ils explorent la campagne...
Prudemment près d'eux sont admis,

Non leurs marmots et leur compagne,
Mais les meilleurs de leurs amis!

REFRAIN

Petites gens, mais joyeux drilles,
Par le ventre et le cœur égaux;
Jamais bon vin, ni brunes filles,
N'ont effrayé les Ripoteaux!

Clamart, près Paris, 15 août 1859

FÊTE DE COMPAGNON

Air : *Je fuis pour toujours le dieu des amours*, etc.

REFRAIN

Le jour patronal
D'un prince royal
Est pour moi banal
Triste et glacial,
Mais pour mon égal,
Il est triomphal,

Heureux, jovial,
Amical,
Sans mal !...

Tendre et discrète,
L'amitié guette
Quand vient la fête
D'un gai compagnon,
Et puis en cachette
Le bouquet s'apprête,
Tandis qu'un poète
Rime la chanson !

L'heure enfin sonne,
Heure bouffonne,
Où chacun donne
L'accolade au *gas;*
Pendant qu'il s'étonne,
Vite on l'environne,
Et l'on carillonne
Au bruit des hourras !...

De cœur, de bouche,
L'un l'autre accouche
D'un vœu qui touche
L'âme du fêté ;
Tiré de sa couche,

Le vin se débouche,
Et sa bonne souche
Répand la gaîté!...

La faim de louve
Que l'on éprouve
Fait qu'on approuve
Les plans d'un viveur ;
Le plaisir qu'on trouve
En riant se prouve...
Mais plus d'un y couve
Quelque mal de cœur !...

Mais où le rire
Tient du délire,
C'est quand expire
Ce festin bien rond...
Là vraiment j'admire
L'étonnant empire
Des bons vins qu'on tire
De Beaune et Mâçon !...

Le guet sans doute
Surveille, écoute ;
Bien qu'il en coûte,
Il faut déguerpir.
C'est là qu'on redoute

La maudite route
Où l'on ne voit *goutte*...
D'aucun vin surgir !!!

REFRAIN

Le jour patronal
D'un prince royal
Est pour moi banal
Triste et glacial
Mais pour moi égal,
Il est triomphal,
Heureux, jovial,
   Amical,
      Sans mal!...

Paris, septembre 1848.

PÉCHÉS DE CIRCONSTANCE

LA MAISON DU BON DIEU

couplets chantés le 28 mars 1863 par mon ami Auguste Dutemple, au repas de noce de Mme Blin, *mère* des compagnons typographes

---

Air du *Roi d'Yvetot* (opéra-comique d'A. Adam).

A nos aïeux
Glorieux
D'assez laids
Cabarets
Où trônait quelque blonde,
J'oppose ici,
Dieu merci !
Un refuge chéri
Mon séjour favori !
J'y vois tout attendri
Le meilleur cœur du monde
Rendre aimable et poli
L'être le plus aigri.

Des vertus du foyer
La prêtresse est l'exemple,
S'entendant à choyer
Sans jamais s'oublier...
    Mon dossier
    Tout entier
Me signale au quartier
Comme un pilier... *Du Temple.*

REFRAIN

Chacun en fait l'aveu
Du plus profond de l'âme,
Dès qu'il connaît un peu
Et l'endroit, et la dame :
Quel joyeux cabaret !
Quelle estimable hôtesse !
Tous deux à la tendresse
Conduisent en secret ;
Et sans me faire un jeu
Du ciel ou de la messe,
J'ai baptisé ce lieu :
La maison du bon Dieu.

  Atteints deux fois
    Dans nos droits,
    Par salut
    Il fallut

Songer à la croisade,
L'hôtesse alors
Sans efforts
Ouvrit à deux battants
Sa porte aux combattants.
Elle fut constamment
Pour nous un camarade,
Secondant noblement
Les gens de dévoûment
Le toit de sa maison,
Était une ambulance,
Où jeune homme et grison
Trouvaient leur guérison...
Plus d'un bon
Compagnon
L'honore avec raison
Comme une Providence!

Chacun en fait l'aveu, etc.

Heureux mortel,
A l'autel
Un ami,
Aujourd'hui
A conduit notre *mère*...
Bien que jaloux,
Entre nous
Je souhaite aux époux

Des jours féconds et doux...
En des vins généreux,
Notre estomac espère,
Puisqu'on prétend qu'à deux
Tout marche beaucoup mieux...
A la table où j'avais
Mes si franches coudées,
Il faudra désormais
Oublier Rabelais...
        C'est mauvais
        Je le sais
De se frotter auprès
Des épouses *Blin*dées !

REFRAIN

Chacun en fait l'aveu
Du plus profond de l'âme,
Dès qu'il connaît un peu
Et l'endroit, et la dame :
Quel joyeux cabaret !
Quelle estimable hôtesse !
Tous deux à la tendresse
Conduisent en secret ;
Et sans me faire un jeu
Du ciel ou de la messe,
J'ai baptisé ce lieu
La maison du bon Dieu

MARIAGE DE MON AMI SABOT

—

Air : Bon de la Bretonnière.

Lorsque le cœur d'une fille
Par l'amour est épié
Il lui faut, laide ou gentille,
Prendre chaussure à son pié.
Peut-on être dans son lot,
Plus modeste qu'Alphonsine :
Sans dédain, la perle fine
Se chausse avec un *Sabot.*

Les sabots, s'il faut en croire
Certain auteur en renom,
Dormiraient en purgatoire
Assourdis par le canon.
Demain, je me fais ribaud,
Si j'apprends qu'en son lit souple,
L'amour a surpris le couple
Ronflant drû comme un *Sabot.*

Avant peu, l'heureux ménage,
J'en suis certain, va vouloir

Nous montrer en mariage
Combien est grand son savoir.
Sans tenir malin propos,
Il est un vœu qu'on peut faire :
C'est qu'il nous bâcle une paire
De jolis petits *Sabots*.

Qui de nous ne se rappelle
Ces soldats républicains,
Armés d'un pieu, d'une pelle,
Dans le pays des Tarquins?
Sous l'uniforme en lambeaux,
Nu-pieds, mais friands de gloire,
Ils couraient à la victoire
Pour conquérir... des *Sabots*.

Alphonsine, après maint thème,
Du sabot qu'elle a chaussé,
Va constater ce soir même
Qu'il n'est ni froid, ni cassé.
N'allez pas de mot en mot,
Dire, en vous montrant féroce :
« — L'auteur des couplets de noce
Chante comme un vrai *Sabot*. »

Paris, juillet 1851.

LE TOCSIN DES BUVEURS

A MON AMI MERLOT

Air *du Ménétrier de Meudon* (de Béranger)

Méprisons les carillonneurs,
Qui sèment l'effroi dans les cœurs;
En buvant comme des sonneurs,
Sonnons le tocsin des buveurs.
Din din din, dr'lin din din
Din dîn din, di la li din din!
Din din din, dr'lin din din
Din din din, di la li din din.

A table, pour sonnette,
J'aime un verre profond,
Et j'y prends pour clochette
Un pot à ventre rond!
Ma cloche de profane
Est un flacon tari,
Et j'ai la dame-jeanne
Pour bourdon favori!

Méprisons, etc.

Il est des gens sur terre
Dont le plus mince tort
Est d'épargner pour faire

Carillonner leur mort.
Aux cloches des paroisses,
Mes amis, préférons
Un tintin sans angoisses
Sonné sur des flacons !

Méprisons, etc.

La gaîté vive et folle
De nos banquets joyeux,
Par moments nous console
De n'être que des gueux.
Tristes comme des roches,
Les grands dans un festin,
Tout bas sonnent les cloches
D'un ennui clandestin !

Méprisons, etc.

Le signal de nos guerres
De principe et de foi,
Partait encor naguères
Du bronze d'un beffroi ;
Décrétons, en voraces,
Pour un repas d'amis,
De cent volailles grasses
La Saint-Barthélemy !

Méprisons, etc.

Paris, juin 1850.

LA SAINT EDMOND

—

A MON AMI SIROUY, EN LUI ENVOYANT UN BOUQUET

—

Air à choisir

Au calendrier, tout comme un autre,
Vous possédez un saint patron,
Et je me souviens que le vôtre
Porte le nom pompeux d'Edmond !
Si ce nom du martyrologe
S'efface jamais par malheur,
Apprenez qu'en tout temps il loge
Dans le calendrier de mon cœur.

Dimanche prochain, les vieux frères,
En cordiale intimité,
Vont bien des fois vider leurs verres
En l'honneur de votre santé.
Ne pouvant partager leur joie,
J'en éprouve quelque chagrin :
Pour m'en guérir, je vous envoie
Mon représentant au festin !

Les jardins de notre contrée
Embaument en toute saison;
Ils ont la faveur assurée
D'une éternelle floraison.
Mon cœur doit subir l'influence
Du ciel dont j'aime les splendeurs:
Je sens que la reconnaissance
Y restera toujours en fleurs.

Qu'a donc fait saint Edmond pour être
L'objet d'un culte aussi pieux?
C'était sans doute un bon vieux prêtre
Follement entiché des cieux!
Chacun sur terre a son supplice;
Mais nul n'est égal à celui
De recevoir un jour de Nice
Des vers pauvres comme ceux-ci.

Nice, 18 novembre 1865.

COUPLETS D'ADIEU

A Mlles ADÈLE ET CLARA, QUITTANT NICE

AIR de la *Cinquantaine*, de G. Nadaud

Après six mois de résidence à Nice,
C'est donc bien vrai vous allez nous quitter!

Ici chacun voit presque un sacrifice
Dans ce départ qui va nous attrister.
Vous n'aurez plus, là-bas près de Vincennes,
Ce beau soleil et ce ciel toujours bleu;
Mais la grandeur de nos œuvres humaines
Compensera les merveilles de Dieu!

Plus d'une fois votre oreille attentive
Prendra les bruits de Paris en travail
Pour le fracas des vagues sur la rive
Brisant au loin mâture et gouvernail;
Vous n'aurez plus ni brises alisées,
Ni voile blanche à suivre à l'horizon;
Mais vivre au sein de mœurs civilisées
Rendra plus chère encor votre maison!

Vous renoncez aux collines sévères
Où se déploie un feuillage éternel;
Les fleurs ornant nos vallons solitaires
N'ont pu gagner vos cœurs à notre ciel.
C'est qu'en ces cœurs constamment vit et brille
Le saint respect des nobles sentiments,
Et ne sont pas un Paillon en guenille
Qui du lit sec passe aux débordements!

Votre courage aura sa défaillance
Lorsque viendra l'heure de s'éloigner;

Car vous perdrez le bonhomme Constance,
Et votre tante, et madame Régnier !
Quand vous aurez bien raffermi vos âmes
Dans les grands bois où se cache Saint-Maur,
En temps heureux, pensez à nous, mesdames ;
Aux jours d'ennui, songez-y plus encor !

Nice, 14 mai 1865.

LA SAINTE MADELEINE

A Mme CHAMONARD

Air : De la Clé des Champs.

C'est aujourd'hui la fête
D'une femme au cœur d'or ;
Tout le monde s'apprête
A fleurir ce trésor,
Pour que longtemps on puisse
Chérir personne et nom,
Que le bon Dieu bénisse
Les jours de Madelon. } *(Bis.)*

Désirer longue vie
A ce cœur généreux,
C'est posséder l'envie
De voir son monde heureux.
Point d'esprit qui s'aigrisse
Dans son joyeux giron.
Que le bon Dieu bénisse } (*Bis.*)
Les jours de Madelon.

Dans son épaisse haie
La fauvette aux doux chants,
Vraiment n'est pas plus gaie
Qu'elle avec ses enfants.
Pour que rien n'obscurcisse
Leur riant horizon,
Que le bon Dieu bénisse } (*Bis.*)
Le jours de Madelon.

Nous que ce jour rassemble,
Tous contents sous son toit,
Reconnaissons ensemble
L'estime qu'on lui doit.
Il faut qu'on le chérisse
Ce naturel si bon!
Que le bon Dieu bénisse } (*Bis.*)
Les jours de Madelon.

Lyon, 21 juillet 1852.

MARIAGE DE Mlle PILLON

La parole est au papa beau-père

AIR *du Bataillon d'Afrique*

Puisque vous voilà mon gendre,
Il m'échoit des droits bien doux,
Entre autres celui de prendre
Droit d'autorité sur vous.
En hiver comme en été,
Comme un vieil ours je sermonne.....
D'un air d'autocrate :
Donc, ici je vous ordonne...
Avec amabilité
De boire à notre santé !!!

J'ai comme ça l'air bonhomme,
Mais ne suis point bon toujours,
Et quand je suis gris... (avec force) j'assomme
Ma moitié (en riant) par mes discours.
Quand la vôtre, à la maison,
Des conseils rira sous cape,

Avec colère et menace
Sans pitié, mon gendre, on frappe.....
Doucereusement
Son esprit par la raison.

La gaîté dans le ménage
Éternise les amours;
Je proclame un esprit sage
Avec malice
L'homme *en gaîté* tous les jours.
Or, ici, moi je prétend
Qu'un mari qui sait bien vivre,
D'un air débauché
Doit tous les soirs rentrer ivre....
Galamment
Mais du bonheur qui l'attend!

Le vulgaire se figure
Qu'une fois sacrementé,
L'époux comme il faut abjure
Son culte pour la beauté.
Mais, mon Dieu, l'on peut fort bien,
Sans donner sujet à blâmes,
Avec des airs scélérats
Courtiser toutes les femmes....
En soupirant
Dans l'épouse qui nous tient!

Paris, septembre 1859.

POT-POURRI

**Chanté au banquet des compositeurs de la *Gazette de France*,
le lundi 15 juillet 1857,
Chez M. Froidure, restaurateur à Ville-d'Avray**

PROLOGUE

Air de la Catacoua.

Puisque enfin la vieille *Gazette*
Coud des grelots à ses habits,
Pour enlever à la fourchette
Un repas plus joyeux qu'exquis,
Eh bien ! j'aurai, tout comme un autre,
Ma folle gaîté des grands jours...
Foin des discours
Pédans et lourds...
On aime ici les chants lestes peu courts...
Dans un festin comme le nôtre,
Il faut s'attendre aux *petits-fours*...

Abdiquant pour un jour son titre
De journal tranquille et rangé,

La *Gazette*, autour d'un bon litre,
Goûte les douceurs d'un congé...
Cette brêche au foin de ses bottes
Creuse des vides peu profonds.
Gens gais et ronds,
Demeurez bons ;
Aux lazzis, mordieu ! tournez les talons :
On vous nomme vieilles culottes,
Parce que vous avez des *fonds !...*

M. LACAILLE

AIR du Vieux Braconnier.

Quel est, dans cet oratoire,
Cet homme au chef argenté,
Dont le nez ferait la gloire,
Des buveurs de qualité ?
Ce vieillard qui, par l'écaille,
Peut vous paraître un vaurien,
C'est Lacaille...
C'est Lacaille, (*Bis.*)
Notre vénéré doyen !.....

Mais qui donc là-bas excelle
A chanter nos airs chéris ?

Qui donc si bien se rappelle
Nos vieux auteurs favoris?
Ce lettré de fine taille
Qui narre et chante si bien,
C'est Lacaille...
C'est Lacaille, (*Bis.*)
Notre vénéré doyen!.....

Effaré comme une biche
Surprise au gîte en plein bois,
Parfois le bonhomme affiche
Les plus distraits des exploits.
S'il arrive qu'on le raille,
Les blagueurs savent très-bien
Que Lacaille...
Que Lacaille... (*Bis.*)
Est un bien-aimé doyen!...

M. LUCIEN FABRE.

Air : Bon bon de la Bretonnière

L'Auvergnat qui fait la moue
A son voisin de devant,
Se voit dans une Capoue

Dont il est le grand sultan !
Du Mamelon-Vert, dit-on,
Seul il eût fait la conquête...
Si l'on eût changé sa crête
En blanc petit mamelon ! } (*Bis.*)

Lucien de toutes les belles
Se montre l'admirateur,
Mais surtout il aime celles
Qui brillent par leur grosseur.
Bien des maris que je sais
De leur femme sont moins ivres :
Ne pesât-elle que dix livres,
Ils trouvent que c'est assez ! } (*Bis.*)

M. EDMOND SIROUY.

Air de la Bonaventure, ô gué.

Nous avons deux parfumeurs,
Le musc en personne,
Le premier vend ses odeurs,
L'autre nous les donne ;
L'un les tire de Toulon,
L'autre de son pantalon...

Mais plus d'un sermonne
Edmond
Pour qu'il les bondonne !

Tous les deux font un fracas
Dont chacun s'étonne ;
Quand l'un parle avec éclats,
Le second détonne.
Le premier a le bon ton,
Le second a le vrai ton...
Pourtant quand *ré* / *rai* } sonne
Edmond,
On croit qu'il canonne !

M. CANTINIAUX.

Air de Paillasse

Si Dieu, depuis trois ou quatre ans,
Dans une presse étrange,
Ne bénit plus les monts, les champs,
Les blés et la vendange,
C'est à Cantiniaux
Qu'on doit les fléaux

D'un si grand préjudice,
Ses éternûments (1)
Font qu'à tous moments
Il faut qu'on le bénisse !... } (*Bis.*)

M. PILLON.

Air : C'est qu'à tout il faut s'attendre

Voyez là-bas, à l'écart,
Cette face magistrale,
Dont la bonhomie exhale
Un cœur sans fiel et sans fard.
En voyant ce bon confrère,
J'entends des gens s'écrier,
Que *Pillon* eût pu, naguère,
Briguer l'honneur du *mortier !* } (*Bis*)

Il a pour notre annoncier
L'amitié la plus profonde,
Qui fait croire à tout le monde
Qu'on la trempa dans l'acier.
L'on n'a rien vu d'analogue
Dans Florian ni Fénelon...
Aussitôt qu'on parle *d' Rogguc.* (*drogue*)
On voit se mouvoir *Pillon*... } (*Bis*)

(1) Cantiniaux est affligé d'une singulière maladie : il éternue à chaque instant.

M. PICHON

Air : As-tu fini que je t'embrasse.

Tout à fait au fond,
Écoutez Pichon
Nous parler des temps antiques,
Sa péroraison
Donne le frisson
Des anciennes républiques.
Le fond est bon,
Mais son jargon
Irrite,
Plus de raison
Sur un doux ton
Profite...
Or, des vieux Romains, (1)
Il n'a que les mains
Pour chauffer le mérite !

(1) Mon camarade Pichon fut longtemps chevalier du lustre.

M. ANDRÉ CHARLE

Air du Marquis de Carabas

— Quel est cet important
Qui, chez nous, pénètre en courant?..
— Cet homme avantagé
Est un nouvelliste enragé;
Au courant toujours
Du secret des cours;
S'il circule un bruit,
Nul n'est mieux instruit...
Chapeau bas de rigueur
Devant André le chroniqueur!
Chapeau bas de rigueur
Devant André le chroniqueur!

C'est le roi des gourmets
Son palais n'ignore aucuns mets;
L'on peut dire encor plus :
Il sait le vin de tous les crus!
Quel que soit l'endroit
Où l'on mange et boit,
Conteur drôle et vrai,
Il est toujours gai...

Chapeau bas de rigueur
Devant André le chroniqueur!
Chapeau bas de rigueur
Devant André le chroniqueur!

M. NICOLAS dit CHÉRI DESCHAMPS (1)

Air du Beau Nicolas (de *Darcier*)

Ce muguet qui fait la parade
Tout comme un pître au boulevard,
Excelle dans la pasquinade
De Marivaux et de Regnard.
Il faut l'ouïr lorsqu'il nazille,
On croirait que c'est un ancien :
« — Ah! quel charmant comédien! »
S'écrie un public qui pétille;
« Quel joyeux drille! »
Et les dames disent tout bas :
« — Qu'il est bien, monsieur Nicolas! »
Et les dames disent tout bas :
« — Qu'il est bien, monsieur Nicolas!

(1) Premier prix de comédie du Conservatoire, élève de Samson.

« Qu'il est bien...
« Qu'il est bien...
« Qu'il est bien, monsieur Nicolas! »

Il faut voir comme il dramatise
L'aventure des *Deux Perdrix!*
Rien au théâtre n'électrise
Comme ses *Trois Lapins* chéris!
Ce garçon-là, lorsqu'il nazille,
On croirait que c'est un ancien :
« — Ah! quel charmant comédien! »
S'écrie un public qui pétille ;
« Quel joyeux drille! »
Et les dames disent tout bas :
« — Qu'il est bien, monsieur Nicolas! »
Et les dames disent tout bas :
« — Qu'il est bien, monsieur Nicolas!
« Qu'il est bien...
« Qu'il est bien...
« Qu'il est bien, monsieur Nicolas! »

M. LEVASSEUR

Air de Toto Carabo

Il est un vieux jeune homme
Savant universel

Solennel,
Qui, sans que je le nomme,
Se devine aussitôt
Par un mot :
Il a le trait fin,
L'air un peu mondain,
C'est presque un muscadin...
Oh ! qu'il est gai (*Ter*), cet humble citadin !...

C'est toujours d'un air grave
Qu'il raisonne de tout
Avec goût ;
Par habitude il brave
Marc ou bien Cantiniaux
Par des mots !...
Alors de côté
Sans difficulté
Il met sa gravité...
Oh ! qu'il est gai (*Ter*), Levasseur en gaîté !

M. DROST.

Air de : *Halte-là !*

Il nous manque un camarade
Pour lequel il est plus sain

D'emplir des pôts de pommade (1)
Que vider des pots de vin.
Drost, en homme d'*étiquette*,
Aime cent fois mieux chez lui,
En couvrir chaque tablette
Que de la braver ici!...
En gaîté,
Par bonté,
Il faut boire à sa santé !

A la place que *Drost laisse*,
Nous aurions pu voir *Drost gai;*
Car sa verve enchanteresse
N'est pas à son coup d'essai.
De boire avec *Drost Madère*
Le moment viendra bientôt ;
Mais son docteur ne sait guère
Tout ce qu'aujourd'hui *perd Drost !*
En gaîté,
Par bonté,
Il faut boire à sa santé !

(1) Drost, parfumeur, rue Richelieu, 32.

M. MARC MONNIER

Air : Des frelons bravant la piqûre

Parmi vous les plaisirs qu'on goûte
Sont en ce jour bien délirants :
Tous les chagrins sont en déroute,
Mais les bonheurs sont là présents !
Seulement, ici l'on néglige
D'inscrire nos joyeux exploits...
Oh ! monsieur Marc, ne quittez pas la pige (1)
Plus on est d'amis, plus je bois !

Les flacons se rangent en files
Près de la table où nous siégeons :
Les généraux les plus habiles
Nous envîraient nos bataillons.
Mais tout le monde ici néglige
De prendre note des convois...
Oh ! monsieur Marc, ne quittez pas la pige !...
Plus on est d'amis, plus je bois !

(1) La pige est le tableau sur lequel les compositeurs de journaux font inscrire, par un *marqueur élu*, le nombre de lignes qu'ils font chaque jour, sur chaque article.

En route, la joyeuse bande,
Moins que jamais ne craindra pas
Les compagnes de contrebande
Qui viendront flâner sur ses pas.
Pour le cas où certain prodige
Se répéterait plusieurs fois,
Oh! monsieur Marc, ne quittez pas la pige!...
Plus on est d'amis, plus je bois!...

M. FRÉDÉRIC DOLLÉ

remplaçant, auteur de **l'Histoire des Six Restaurations**, etc., etc.

Air : Nos maris en Palestine.

Depuis qu'au feu des *veilleuses* (1)
Dollé cherche à s'inspirer,
Ses facultés lumineuses,
Qu'il prétend régénérer,
Cessent de nous éclairer.
Naguère, sa plume brave
Avec gloire a compilé...
Nous aimions le Dollé grave,
Nous aimons peu *l'amer Dollé!* (*la m.... au lait*).

(1) Copieux *petit verre* de cognac.

L'historien agréable
Des *Six Restaurations*
Devrait être à cette table
Pour noter nos actions
Et voir nos libations.
Les gens qu'ici l'on restaure
Méritent bien la faveur
Qu'on en historie encore
Une septième en leur honneur!

M. SINCÈRE ROMEY

AIR de Peau d'Ane

Voici venir
En sautant comme un page
Le chef en page;
Il fait frémir
Rien qu'à le voir bondir...
Dans ses mains, l'attirail
Innocent du travail
Assassine en détail...
Et cependant, il est
Plus qu'il ne le paraît
Un homme *âgé, Romey!* (*gérome*).

D'un étourneau
Souvent sa mise en page
Semble l'ouvrage,
Tant son cerveau
En brouille l'écheveau...
Il met dans les procès
La bourse ou les décès,
Le feuilleton aux faits...
Mais loin d'être un grief,
Il plaît par ce méchef
Au rédacteur en chef!...

MM. ROUX ET BONNAUD.

remplaçants

AIR des Deux Edmonds

Lorsque par hasard l'on fricotte
Avec lapin ou matelotte,
Je connais le faible de tous
Pour un bon *Roux ;* (*Bis.*)
Il faut voir comme à forte dose
Chaque met de bon vin s'arrose ;
Tout le monde affiche bien haut
Le mépris de *Bonne eau !* (*Bis.*)

M. FRANÇOIS ROGGUE.

Le Monsieur Vautour de Belleville

Air de *Diane de Lys* (Valentin)

Nous aimons un gai compère
Franc comme l'or du Pérou ;
Dès qu'il faut vider un verre,
Il accourt de n'importe où !...
— Eh ! François !
— Voilà ! »
— Sonne, sonne, sonne, sonne,
Va ! sonne encore une fois !
Ah ! ah ! vieux François,
Frappe donc et carillonne,
Ah ! ah ! vieux François,
Les buveurs sont aux abois !...

Il a des antipathies
Pour tous les pouvoirs nouveaux,
Et chérit les dynasties
De Bourgogne et de Bordeaux.
— Eh ! François !
— Voilà ! »
— Sonne, sonne, sonne, sonne,

Va ! sonne encore une fois !
Ah ! ah ! vieux François !
Frappe donc et carillonne,
Ah ! ah ! vieux François,
Les buveurs sont aux abois !...

— Sous son toit, le locataire
Trouve autant d'urbanité,
Qu'en trouve un vin salutaire
Dans son gosier redouté !
— Eh ! François !
— Voilà ! »
— Sonne, sonne, sonne, sonne,
Va ! sonne encore une fois,
Ah ! ah ! vieux François,
Frappe donc et carillonne,
Ah ! ah ! vieux François,
Les buveurs sont aux abois !

Ses airs de pudique abbesse
Auprès de nous n'ont pas cours ;
Car s'il a de la sagesse
Ce n'est que dans ses discours !
— Eh ! François !
— Voilà ! »
— Sonne, sonne, sonne, sonne,
Va ! sonne encore une fois !

Ah ! ah ! vieux François,
Frappe donc et carillonne,
Ah ! ah ! vieux François,
Les buveurs sont aux abois ! ...

EPILOGUE

Page blanche du Pot-Pourri, remplie par J.-M. Le Clerc, dit l'Amour

---

A V.-EUGÈNE GAUTHIER

Dans l'atelier, trois *Gauthier* sont connus :
L'un est modeste et simple en son langage ;
Aimé de tous, — rare et doux avantage ! —
Et dont le nez ferait pâmer Vénus...

L'autre *Gauthier* — aussi metteur en page,
— Parle bien haut, fait baucoup de tapage ;
Il est logique : il a quelques écus...

Et le troisième est l'enfant de Momus :
C'est *Follichon*, dont la verve féconde,
Les calembours feront rire le monde,
Quand des premiers on ne parlera plus. (1)

(1) Parodie des vers de Voltaire sur Bernard.

TABLE DES MATIÈRES

Un Apôtre 23
Arrivée à Mazas 21
Aubépine.. 49
La Batelière du Lac 8
Le Bon vieux Temps 25
Le Bouchon de Bruyères.. 15
La Chanson de l'Ouvrier.. 40
Le Châtelain du Lazaret 18
Couplets d'Adieux à Mlles Adèle et Clara.. 84
Couplets d'Adieux à M. Miché.. 65
La Dame aux grands yeux noirs de Passy 53
Un Drame à l'hôpital 7
En Amour 47
Epilogue d'un Pot-Pourri, sonnet de J.-M. Leclere 108
Fête de Compagnons 70
La Liberté pour quelques-*Huns* 29

Les Lilas 10
Les Lucioles 5
La Machine typographique 36
La Maison du bon Dieu 75
Mariage de mon ami Sabot 79
Mariage de Mlle Pillon 88
Merci ! 27
La Mère du Muet 61
Mon Persécuteur 31
Le Père Thomas 59
Pot-Pourri ou Revue de l'atelier de la *Gazette de France* en 1857 90
Prière des Typographes au Dépôt 33
Les Ripoteaux ou les Ripailleurs excursionnistes 68
La Sainte Edmond 83
La Sainte Madeleine 86
Ma Sœur de lait 32
Le Soldat de Dieu 40
La Suzon 55
Un Toast dans la cellule 122 39
Le Tocsin des Buveurs 81
Les Toiles d'Araignées 12
Le Tombeau des Vivants 35

Nice. — Typ. V.-Eugène Gauthier et Ce

www.ingramcontent.com/pod-product-compliance
Ingram Content Group UK Ltd.
Pitfield, Milton Keynes, MK11 3LW, UK
UKHW021549260726
13993UKWH00002B/720

9 782329 105017